어느 날, 원님이 저승으로 끌려갔어요.
다시 이승으로 돌아가려면 수고비를 내야 한대요.
원님은 수고비를 어떻게 구할까요?

추천 감수_ 서대석
서울대학교와 동 대학원에서 구비문학을 전공하고 문학박사 학위를 받았습니다. 한국 구비문학회 회장과 한국고전문학회 회장을 지냈으며, 1984년부터 지금까지 서울대학교 인문대학 국어국문학과 교수로 재직 중입니다. 〈한국구비문학대계〉 1-2, 2-2, 2-6, 2-7, 4-3 등 5권을 펴냈으며, 쓴 책으로 〈구비문학 개설〉, 〈전통 구비문학과 근대 공연예술〉, 〈한국의 신화〉, 〈군담소설의 구조와 배경〉 등이 있습니다.

추천 감수_ 임치균
서울대학교 대학원에서 고전소설 연구로 문학박사 학위를 받고 현재 한국학중앙연구원 한국학대학원 어문예술계열 교수로 재직 중입니다. 한국학중앙연구원에서 문헌과 해석 운영위원으로 활동하고 있으며, 고전소설의 대중화 방안을 연구하여 일반인들에게 널리 알리는 일에 앞장서고 있습니다. 쓴 책으로 〈조선조 대장편소설 연구〉, 〈한국 고전소설의 세계〉(공저), 〈검은 바람〉 등이 있습니다.

추천 감수_ 김기형
고려대학교와 동 대학원에서 구비문학을 전공하고 문학박사 학위를 받았습니다. 현재 고려대학교 문과대학 국어국문학과 부교수로 판소리를 비롯한 우리 문학을 계승 발전시키기 위해 노력하고 있습니다. 쓴 책으로 〈적벽가 연구〉, 〈수궁가 연구〉, 〈강도근 5가 전집〉, 〈한국의 판소리 문화〉, 〈한국 구비문학의 이해〉(공저) 등이 있습니다.

추천 감수_ 김병규
대구교육대학을 졸업하고 한국일보 신춘문예에 동화가, 중앙일보 신춘문예에 희곡이 당선되면서 작품 활동을 시작했습니다. 대한민국문학상, 소천아동문학상, 해강아동문학상 등을 수상했으며, 현재 소년한국일보 편집국장으로 재직 중입니다. 쓴 책으로 〈나무는 왜 겨울에 옷을 벗는가〉, 〈푸렁별에서 온 손님〉, 〈그림 속의 파란 단추〉 등이 있습니다.

추천 감수_ 배익천
경북 영양에서 태어났습니다. 1974년 한국일보 신춘문예에 동화가 당선되었고, 〈마음을 찍는 발자국〉, 〈눈사람의 휘파람〉, 〈냉이꽃〉, 〈은빛 날개의 가슴〉 등의 동화집을 펴냈습니다. 한국아동문학상, 대한민국문학상, 세종아동문학상 등을 받았으며, 현재 부산 MBC에서 발행하는 〈어린이문예〉 편집주간으로 일하고 있습니다.

글_ 김향금
서울대학교와 동 대학원에서 고전 문학을 공부하였습니다. 한국어린이도서상 편집기획 특별상을 수상한 솔거나라 시리즈의 〈아무도 모를 거야, 내가 누군지〉가 보림유아문학추천도서에 선정되었으며, 지금은 어린이 책을 쓰고 만드는 일을 하고 있습니다. 쓴 책으로 〈아무도 모를 거야, 내가 누군지〉, 〈김정호〉 등이 있고, 옮긴 책으로 〈말썽꾸러기를 위한 바른 생활 그림책〉, 〈야옹이가 제일 좋아하는 색깔은?〉 등이 있습니다.

그림_ 민규하
신비롭고 환상적인 그림을 주로 그리는 프리랜스 일러스트레이터입니다. 〈신데렐라〉, 〈셰익스피어〉를 출간하면서 본격적으로 어린이책에 그림을 그리기 시작하였으며, 그 밖에 그린 책으로 〈500년 세계 신화〉, 〈걸리버〉 등이 있습니다.

소년한국
우수어린이
도서수상

〈말랑말랑 우리전래동화〉는 소년한국일보사가 국내 최고의 도서 제품을 선정하여 주는 우수어린이 도서를 여러 출판사의 많은 후보작과의 치열한 경쟁을 뚫고 수상하였습니다.

말랑말랑
우리전래동화
38 신비와 기적
저승에 있는 곳간

발 행 인 박희철
발 행 처 한국헤밍웨이
출판등록 제406-2013-000056호
주   소 경기도 성남시 분당구 금곡동 444-148
대표전화 031-715-7722
팩   스 031-786-1100
편   집 이영혜, 이승희, 최부옥, 김지균, 송정호
디 자 인 조수진, 우지영, 성지헌, 선우소연
사진제공 이미지클릭, 연합포토, 중앙포토

△ 주의 : 본 교재를 던지거나 떨어뜨리면 다칠 우려가 있으니 주의하십시오.
고온 다습한 장소나 직사광선이 닿는 장소에는 보관을 피해 주십시오.

저승에 있는 곳간

글 김향금 그림 민규하

🙌 한국헤밍웨이

남쪽 지방에 있는 영암이라는 고을은
땅이 기름져 해마다 풍년이 들었어.
그런데도 백성들은 항상 가난했지.
고을 *원님이 이런저런 구실을 붙여
곡식을 모조리 빼앗아 갔거든.
그러고도 원님은 늘 이렇게 말했어.
"백성들이 잘살 수 있는 것은 다 내 덕이니라."

*원님 : 옛날에 고을을 맡아 다스리던 벼슬아치를 말해요.

6

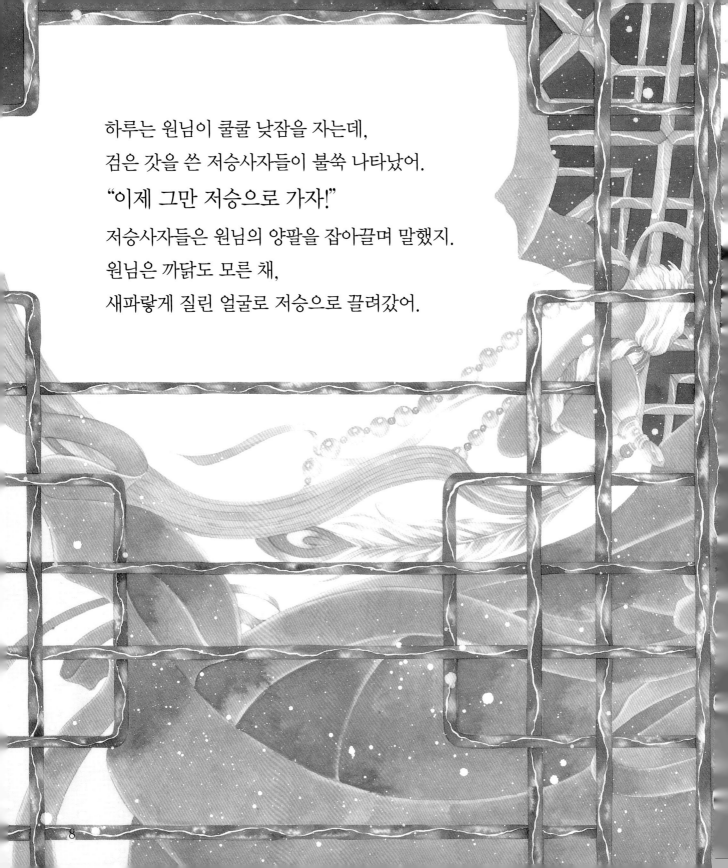

하루는 원님이 쿨쿨 낮잠을 자는데,
검은 갓을 쓴 저승사자들이 불쑥 나타났어.
"이제 그만 저승으로 가자!"
저승사자들은 원님의 양팔을 잡아끌며 말했지.
원님은 까닭도 모른 채,
새파랗게 질린 얼굴로 저승으로 끌려갔어.

저승으로 가는 길은 아주 멀고 험했어.
사방에서 안개가 스멀스멀 피어올랐고,
무시무시한 소리도 끊임없이 들렸지.
원님은 마침내 염라대왕 앞으로
끌려갔어.

"염라대왕님! 저를 벌써 데려오면 어떡합니까?"
원님은 울며불며 살려 달라고 애원했어.
염라대왕은 *수명부를 살펴보았지.
'쯧쯧, 죽기엔 너무 젊군. 이를 어쩐다?'
염라대왕은 원님을 한 번 봐주기로 했어.
"좋다. 내 마음이 변하기 전에
얼른 저승 밖으로 나가거라."

*수명부 : 사람이 언제까지 살 수 있는지가 적힌 책이에요.

11

원님은 부리나케 도망쳐 나왔어.
그런데 아무리 사방을 둘러봐도
*이승으로 가는 길이 보이지 않는 거야.
이쪽저쪽을 두리번거리고 있는데,
저승사자들이 원님 앞에 떡하니 나타났어.
"어험, 힘들게 데려왔는데 그냥 가려고?
어림없지. 수고비라도 내놓고 가거라."
"수고비라고요? 전 빈털터리인데……."
원님은 빈 돈주머니를 보이며 울먹울먹했어.

*이승 : 우리가 살고 있는 세상, 저승의 반대말이에요.

"그렇다면 저승에 있는 네 곳간의 것이라도 내놓아라."
"저승에 있는 곳간이라니요?"
원님이 어리둥절하여 물었어.
"사람은 누구나 저승에 곳간 하나씩을 갖고 있지.
그러니 네 곳간의 재물로 수고비를 주고 가거라."

저승사자들은 원님을 데리고 곳간으로 갔어.
그런 다음 '영암 원님 곳간'이라고 쓰인
곳간의 문을 삐거덕 열었지.
그런데 이게 웬일이야?
그 안에는 볏짚 한 단만 덩그러니 놓여 있지 뭐야.

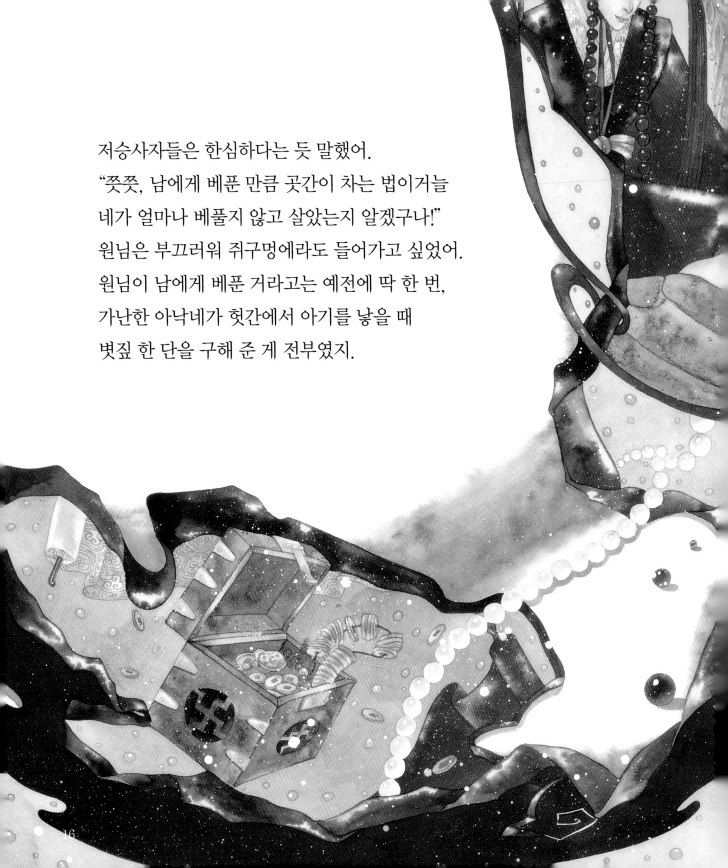

저승사자들은 한심하다는 듯 말했어.
"쯧쯧, 남에게 베푼 만큼 곳간이 차는 법이거늘
네가 얼마나 베풀지 않고 살았는지 알겠구나!"
원님은 부끄러워 쥐구멍에라도 들어가고 싶었어.
원님이 남에게 베푼 거라고는 예전에 딱 한 번,
가난한 아낙네가 헛간에서 아기를 낳을 때
볏짚 한 단을 구해 준 게 전부였지.

17

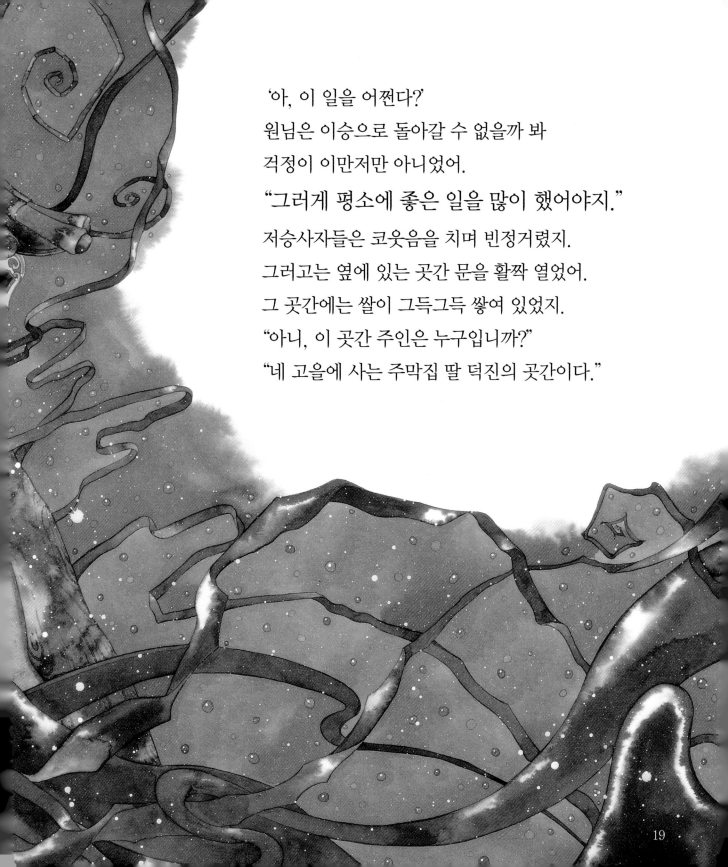

'아, 이 일을 어쩐다?

원님은 이승으로 돌아갈 수 없을까 봐

걱정이 이만저만 아니었어.

"그러게 평소에 좋은 일을 많이 했어야지."

저승사자들은 코웃음을 치며 빈정거렸지.

그리고는 옆에 있는 곳간 문을 활짝 열었어.

그 곳간에는 쌀이 그득그득 쌓여 있었지.

"아니, 이 곳간 주인은 누구입니까?"

"네 고을에 사는 주막집 딸 덕진의 곳간이다."

원님은 그 자리에 털썩 주저앉고 말았어.
'이제 영영 이승으로 돌아갈 수 없겠구나!'
원님의 눈엔 눈물이 그렁그렁 고였지.
그러자 저승사자들이 원님을 바라보며 말했어.
"네가 이승으로 돌아갈 방법이 하나 있다."
원님은 순간 귀가 번쩍 띄었어.

"아니, 도대체 그 방법이 무엇입니까?"
"덕진의 곳간에서 쌀을 꾸어 수고비를 내고,
이승에 돌아가서 덕진에게 그 빚을 갚는 것이지."
원님은 부랴부랴 덕진의 곳간으로 달려갔어.
그리고 쌀 삼백 석을 낑낑대며 가져왔지.
"자, 수고비 여기 있습니다."

수고비를 받은 저승사자들은
원님을 이승으로 통하는 문까지 데려갔어.
그러고는 원님의 등을 세게 떠밀며 말했지.
"자, 빨리 가서 덕진에게 진 빚을 갚아라."

"어이쿠!"
원님이 깜짝 놀라 정신을 차려 보니,
저승이 아닌 자기 집 안방인 거야.
원님은 다시 살아난 것을 알고 뛸 듯이 기뻤어.

23

원님은 곧바로 주막집 딸 덕진을 찾으라고 명령했어.
그리고 얼마 뒤 덕진이 사는 곳을 알게 되었지.
원님은 평범한 손님인 양 주막을 찾아가서
따끈따끈한 국밥 한 그릇을 시켜 먹었어.
"국밥값이 얼마인가?"
"두 푼입니다."
"국밥값이 싸구나. 무슨 이유라도 있느냐?"
"그냥 다른 주막보다 한 푼 싸게 받을 뿐입니다."

며칠 뒤, 원님은 *누더기 차림을 하고
다시 덕진의 주막으로 갔어.
원님은 머뭇머뭇 망설이다가 말을 꺼냈어.
"저, 돈 다섯 냥만 빌려 줄 수 있겠소?"
"그렇게 하지요."
덕진은 선뜻 다섯 냥을 내주었어.

*누더기 : 누덕누덕 기운 헌 옷을 말해요.

26

"아니, 선뜻 돈을 빌려 주었다가
받지 못하면 어쩌려고 그러시오?"
"받지 못한다면 베푼 것에 만족해야지요.
그러니 걱정하지 마시고 가져다 쓰세요."
원님은 덕진의 저승 곳간에
곡식이 가득 차 있는 이유를 알 것 같았어.

27

다음 날, 원님은 *아전들에게 명령했어.
"여봐라, 달구지에 쌀 삼백 석을 실어라."
그러고는 가마를 타고 주막으로 행차했어.
덕진의 어머니는 원님을 보자마자
코가 땅에 닿도록 바짝 엎드렸지.
원님은 덕진을 불러오라고 했어.

*아전 : 옛날에 벼슬아치 밑에서 일을 보던 사람을 말해요.

잠시 뒤, 덕진이 원님 앞으로 왔어.

"내가 너에게 빚진 쌀 삼백 석을 갚으러 왔느니라."

덕진은 어리둥절해서 원님만 쳐다보았어.

"받아 두어라. 이유는 먼 훗날 알게 될 것이니라."

덕진은 한동안 멍하니 쌀가마니를 바라보았지.

그러다 퍼뜩 좋은 생각이 떠올랐어.

'옳지, 쌀을 팔아 강에 다리를 놓으면 되겠구나.

그럼 마을 사람들이 쉽게 강을 건널 수 있을 거야.'

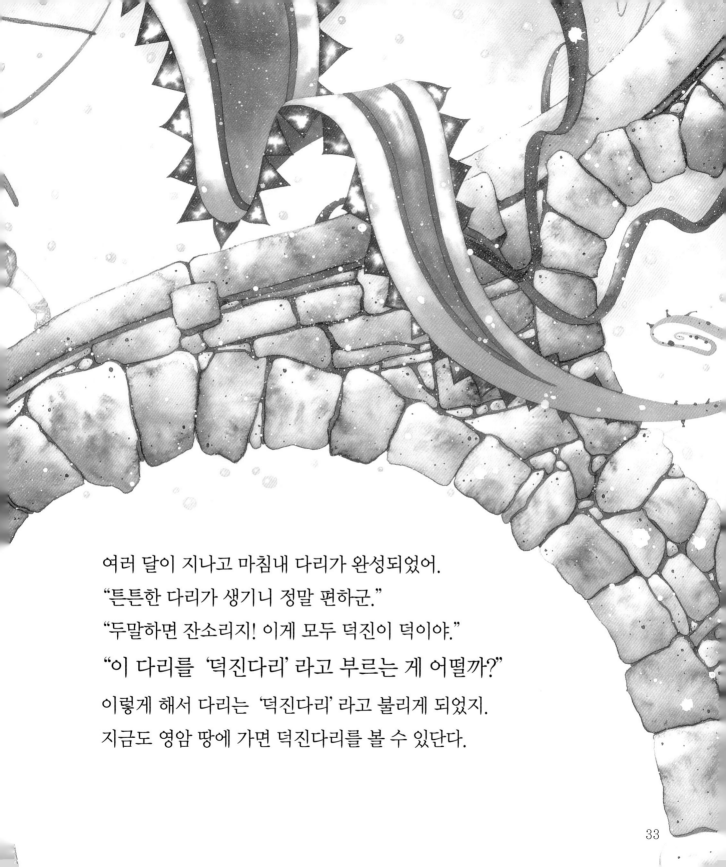

여러 달이 지나고 마침내 다리가 완성되었어.

"튼튼한 다리가 생기니 정말 편하군."

"두말하면 잔소리지! 이게 모두 덕진이 덕이야."

"이 다리를 '덕진다리' 라고 부르는 게 어떨까?"

이렇게 해서 다리는 '덕진다리' 라고 불리게 되었지.

지금도 영암 땅에 가면 덕진다리를 볼 수 있단다.

저승에 있는 곳간 작품해설

이 이야기는 전남 영암군에 실제로 있는 '덕진다리'에 얽힌 전설을 바탕으로 쓴 거예요. 이 이야기처럼 옛이야기에는 저승사자나 염라대왕이 많이 나와요. 그것은 죄를 짓지 말고 착하게 살라는 조상들의 바람이 담긴 것이지요.

어느 날 영암 원님이 저승사자들에게 끌려가요. 원님은 염라대왕에게 살려 달라고 사정하지요. 원님이 아직 죽기는 이르다고 생각한 염라대왕은 이승으로 돌아가도 좋다고 허락해요.

그러나 저승사자들은 수고비를 주지 않으면 이승으로 가는 길을 알려 주지 않겠다고 하지요. 원님이 돈이 없다고 하자, 저승사자들은 저승에 있는 곳간의 재물이라도 내어 달라고 하지요.

그러나 원님의 저승 곳간에는 달랑 볏짚 한 단뿐이었어요. 저승에 있는 곳간은 살아 있을 때 남에게 베푼 것들이 쌓이는 곳이었으니까요.

원님은 덕진이라는 처녀의 곳간에 쌓여 있는 쌀 삼백 석을 꾸어다가 저승사자들에게 수고비를 주었어요. 간신히 이승으로 돌아온 원님은 덕진이 사는 주막을 찾아가요. 덕진은 비록 가진 것이 넉넉하지 않았지만, 남을 위해 자신의 것을 아낌없이 베풀 줄 아는 사람이었어요. 덕진의 너그럽고 따뜻한 모습을 본 원님은 자신의 잘못을 깨닫고 저승에서 빌린 쌀 삼백 석을 갚지요.

덕진은 원님에게 받은 쌀로 마을 사람들을 위해 튼튼한 돌다리를 놓아요.

재물이란 어떤 곳에 쓰느냐에 따라 가치가 결정된다고 할 수 있어요. 아무리 많은 재산을 쌓아 놓고 있어도 그것을 값진 곳에 쓰지 못한다면 무슨 가치가 있을까요? 이 이야기는 자신이 가진 것을 가치 있고 의미 있게 쓸 수 있는 방법이 무엇인지를 가르쳐 주어요.

이 이야기를 통해 남에게 베풀며 사는 삶의 지혜를 배울 수 있을 거예요.

꼭 알아야 할 작품 속 우리 문화

원님

옛날 사람들은 억울한 일을 당하면 원님에게 찾아가 해결 방법을 묻곤 했어요. 원님은 각 고을을 맡아 다스리던 관직으로, '사또' 또는 '수령'이라고도 했지요. 원님은 주로 농사를 잘 짓게 하고 인구를 늘리는 일을 맡아보았답니다.

저승사자

하얀 얼굴에 검은 옷을 입고 검은 갓을 쓴 사람을 만나면 얼마나 놀랄까요? 우리 조상들은 염라대왕의 명을 받고 죽은 사람의 넋을 데리러 온다는 심부름꾼인 '저승사자'의 모습이 바로 이렇게 생겼다고 믿었어요.
저승사자는 옛이야기에 많이 등장하여 주로 못된 사람을 혼내 주거나 벌을 주는 역할을 했답니다.

가마

차가 없었던 옛날 우리 조상들은 말이나 가마를 타고 다녔어요. 가마는 한 사람이 안에 타고 둘이나 네 사람이 들거나 메는데, 주로 돈이 많고 관직이 높은 사람이 탔지요. 가마는 여러 종류가 있는데, 임금이 타는 것은 '연', 공주가 타는 것은 '덩'이라고 한답니다.

조상의 지혜를 배우는 속담 여행

<저승에 있는 곳간>에서 원님은 남에게 거의 베풀지 않아 볏짚 한 단만 저승 곳간에 있고, 덕진은 남에게 많은 것을 베풀어 풍족한 재산이 저승 곳간에 있었어요. 여기에서 배울 수 있는 속담을 알아보아요.

죄는 지은 데로 가고 덕은 닦은 데로 간다

죄를 지으면 벌을 받고 덕을 쌓으면 복을 받는다는 말이에요.

전래 동화로 미리 배우는 **교고사서**

저승사자들은 원님을 저승으로 끌고 갔어요. 원님이 저승으로 끌려간 이유는 무엇일까요?

여러분은 남에게 무언가를 베푼 적이 있나요? 우리는 왜 남에게 베풀며 살아야 하는지 이야기해 보세요.

저승이 실제로 있다면 어떤 모습일까요? 여러분이 생각하는 저승의 모습을 아래 빈 공간에 자유롭게 써 보세요.